MW00929770

La migración

La migración, 2019
Amparo Bosque y Susana Rosique
52 pp., col. 17 x 20 cm
ISBN 978-84-16470-25-9

Primera edición: 2019

www.editorialfineo.com
info@editorialfineo.com
Madrid, España

La migración

Amparo Bosque
Ilustraciones Susana Rosique

¿Qué significa migración?

Migrar implica movimiento. Cuando alguien habla de migración se refiere a que personas, animales, o hasta archivos, se desplazan de un lugar a otro.

La migración de personas implica un cambio de residencia, ya sea de país o de estado.

En el mismo país podemos movernos con facilidad, pero para viajar de un país a otro necesitamos un pasaporte que expide nuestro país de origen.

UNIÓN EUROPEA
ESPAÑA
PASAPORTE
PASSPORT
United States
of America
MEXICO
ESTADOS UNIDOS MEXICANOS

¿Para qué sirven las fronteras?

Así como tu casa tiene una separación para delimitar dónde empieza y dónde termina tu hogar, de igual manera, los países tienen límites que se llaman fronteras y sirven para señalar dónde empieza o acaba su territorio.

Desde hace muchos años se empezaron a marcar fronteras entre los países. Así nos podemos respetar mejor, reconociendo las reglas de cada nación.

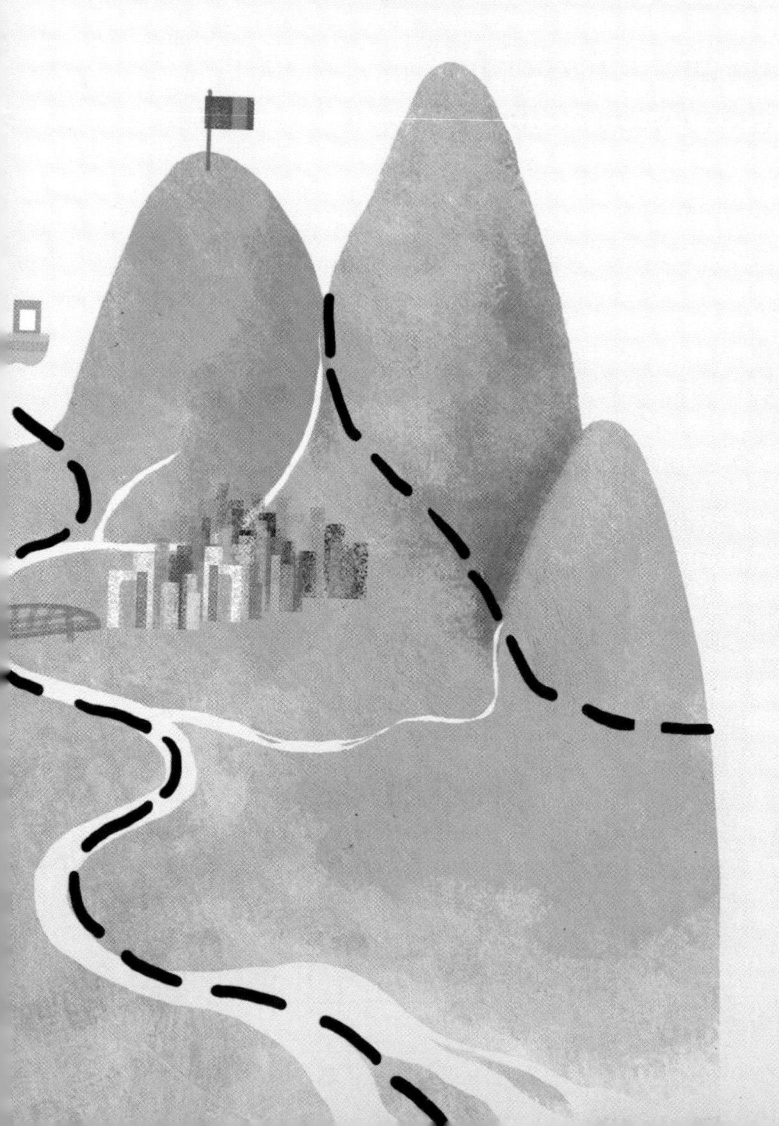

¿Sabías que...?
También hay fronteras en el aire y en el mar; es decir, no está permitido volar aviones o navegar barcos entre naciones sin pedir permiso. Existen lugares en el mundo llamados *Terra nullius*, que en latín significa "tierra de nadie": son lugares que nos pertenecen a todos.

¿Los turistas son migrantes?

Los turistas no son migrantes porque mantienen su residencia en su lugar de origen.

Un migrante se queda a vivir en el nuevo país mientras que los turistas solo van de paseo, por un tiempo corto.

Cuando se va a un país por gusto, para conocerlo, o para visitar a alguien, se está haciendo turismo.

Generalmente los turistas pueden quedarse en el país que visitan solo durante tres meses.

Entonces, hay muchos migrantes en el mundo...

Sí, a lo largo de los años, mucha gente ha cambiado de residencia. La llegada de personas de otros sitios ha permitido un intercambio cultural de diferentes estilos de vida, creencias, tradiciones y costumbres.

Los peregrinajes y las expediciones para descubrir nuevos lugares han ayudado a construir el mundo, plural y rico, que hoy conocemos.

¿Sabías que...?
La palabra **patria** proviene del griego y significa linaje, familia.

¿Solo los humanos son migrantes?

No, muchos animales se trasladan de un lugar a otro, casi siempre debido al clima; van de sitios fríos a otros más templados, y viceversa.

¿Sabías que...?
Las mariposas Monarca son las migrantes de fama internacional. Millones de mariposas viajan cada otoño desde Canadá, atraviesan Estados Unidos y finalmente llegan a Michoacán, México. Cuando acaba el invierno, emprenden su camino de vuelta.

¿Por qué una persona prefiere irse a vivir a otro país?

Muchas veces las personas cambian de país porque buscan abrir horizontes y tener mejores oportunidades de vida.

Quienes migran de un país a otro conocen nuevas culturas, nuevas personas y distintas formas de vivir.

Hay gente que se cambia de país por razones de trabajo o de estudio, pero pueden ser muchos los motivos: porque su país está en guerra, porque necesita trabajar, o porque se enamora y quiere vivir con su amado, o amada.

¿Sabías que...?
En el mundo, según la ONU, hay doscientos cincuenta y ocho millones de migrantes.

A mí me gusta mucho viajar...

Viajar es maravilloso, pero no todas las personas que viajan se divierten. Hay personas que se ven obligadas a cambiar de país porque en el suyo no tienen buenas condiciones para vivir.

A veces huyen de guerras, de la pobreza o de grupos de criminales que no los dejan vivir en paz. Quienes están en esas situaciones, suelen tener viajes con muchas dificultades.

¿Sabías que...?
Cada país decide los criterios de admisión de las personas con otra nacionalidad. Sería excelente que todos los países pudieran ayudar a los desafortunados, y que estas situaciones tan difíciles no ocurrieran.

Dicen que la mayoría de las personas se mudan de los pueblos a las ciudades, ¿es cierto?

Hay algunas zonas de difícil acceso (o zonas aisladas) en donde resulta complicado estudiar o hay pocas oportunidades de trabajo. Por eso hay personas que piensan que en las ciudades tendrán mejores oportunidades para trabajar o estudiar y sí, deciden mudarse.

¿Sabías que...?
La migración del campo a la ciudad es muy antigua en todo el mundo. Su auge empezó cuando en las ciudades se crearon industrias y necesitaban muchas personas para funcionar.

¿Todos los migrantes viven solos?

No todos los migrantes están solos.
El apoyo de la familia, los amigos y las condiciones económicas de cada persona influyen para instalarse en un nuevo país.

En ocasiones, quienes llegan al país ya tienen familiares que los esperan; otras veces, viajan acompañados de conocidos, y en muchas ocasiones, los migrantes que viajan solos comparten vivienda con otras personas.

¿Los migrantes se pueden quedar a vivir para siempre?

Para poder instalarse en un país, las personas deben pasar por varios procesos migratorios. Cada país establece las condiciones para dar, a quien así lo desee, una autorización para vivir de forma permanente en su territorio; para otorgar ese permiso se suelen pedir ciertos requisitos.

Hay gente que, por distintos motivos, decide establecerse en un país sin permiso, es decir, en situación "irregular" y se les considera ilegales.

Debemos saber que cualquier migrante, no importa que no haya regularizado su estancia, tiene derecho a recibir ayuda por parte de un abogado, respetando, por supuesto, las leyes y las normas del nuevo país.

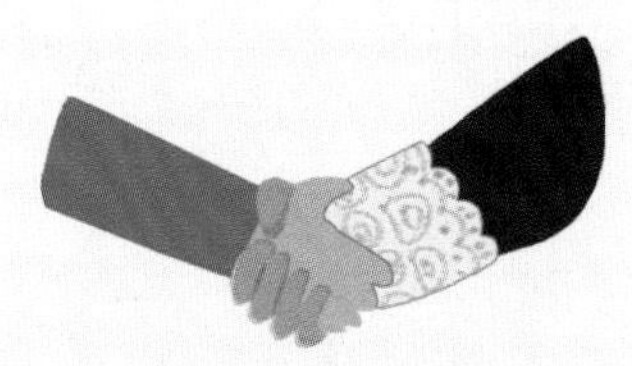

¿Sabías que...?
La Oficina del Alto Comisionado de las Naciones Unidas para los Derechos Humanos tiene muchas sedes en el mundo que trabajan para proteger a los migrantes.

Y cuando la gente se queda a vivir en el nuevo país, ¿deben aprender sus costumbres?

Sí, lo ideal es que se aprendan las costumbres y la cultura del nuevo país, pero sin perder las propias. Algunos migrantes pueden practicar sus propias tradiciones y también las de la nueva cultura.

Los niños deben ir a la escuela y respetar las leyes y las normas del país al que llegan.

Es muy importante que la persona que migra aprenda el idioma del lugar, si es distinto del suyo, claro, sin olvidar sus propias raíces ni su cultura.

La mezcla de culturas enriquece a los países. El intercambio de ideas y tradiciones puede resultar maravilloso.

¿Sabías que...?
Cada nación se rige por sus propias leyes y normas. Es importante conocerlas y respetarlas para una mejor convivencia.

Pero los migrantes dejan a su familia y a sus amigos...

Algunas veces es imposible que se pueda trasladar la familia completa, y el papá, la mamá, o ambos, se ven obligados a dejar a sus hijos mientras van en busca de mejores oportunidades de vida.

Son muchos factores a considerar, pero a veces la migración implica una separación de la familia del país de origen.

¿Sabías que...?
Las diferencias económicas entre los países son una de las causas principales por las que las personas migran. La gente sale de los países con más pobreza para establecerse en los que tienen más oportunidades de desarrollo.

¿Qué pasa con aquellos que se quedan?

Dependiendo de quién migra, la familia puede modificarse, o no. Los miembros de la familia que se quedan en el país de origen buscan nuevas formas para organizarse y continuar con la vida cotidiana.

Si viajan el papá y la mamá, a veces los hijos se quedan con sus abuelos, o sus tíos.

Aunque los papás hayan tenido que viajar para buscar mejores condiciones de vida, se puede mantener el contacto por medio del teléfono o por internet. Ahora hay muchas opciones de tecnología que nos ayudan a seguir en comunicación con nuestros seres queridos que viven en otros países.

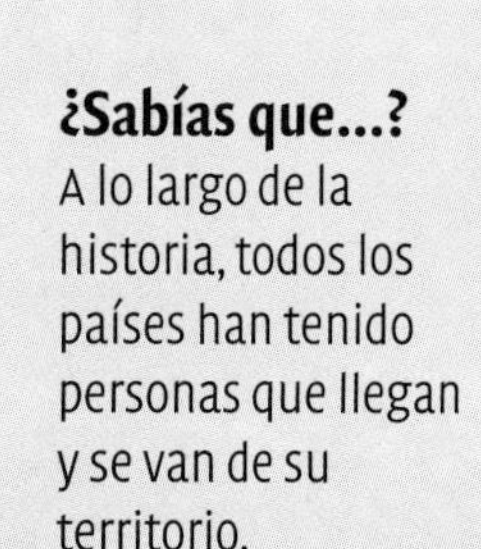

¿Sabías que...?
A lo largo de la historia, todos los países han tenido personas que llegan y se van de su territorio.

¿Hay muchos estadounidenses que son migrantes?

Sí, muchos americanos viven fuera de Estados Unidos y también muchas personas de otras nacionalidades viven en nuestro país.

Por ejemplo, México, Canadá y Reino Unido son países en donde viven muchos norteamericanos.

Estados Unidos ha recibido a muchos migrantes, entre ellos a mexicanos, chinos. cubanos, italianos, indios y españoles, entre otros, quienes han enriquecido al país con su cultura y trabajo.

Quienes viven fuera de Estados Unidos no dejan de ser estadounidenses; pueden regresar cuando así lo decidan y disfrutar de las mismas oportunidades, al igual que los demás ciudadanos.

¿Sabías que...?
Cuando una persona obtiene la nacionalidad en un nuevo país se dice que su nacionalidad fue adquirida por "naturalización".

¿En qué trabajan los migrantes?

Los migrantes tienen empleos muy diversos. Hay empresarios, artistas, jardineros, intelectuales, carpinteros, deportistas, actores, médicos, obreros y muchos más. También hay prestadores de servicios en restaurantes y hoteles o apoyo para la limpieza de casas y oficinas además del cuidado de los niños.

Los migrantes, al igual que los ciudadanos del país de origen, poseen muchas habilidades y aptitudes para trabajar en los lugares donde mejor se desempeñen y sean felices.

Migrante, inmigrante y emigrante, ¿son lo mismo?

Esas tres palabras están vinculadas porque tienen que ver con los desplazamientos de las personas, pero no significan lo mismo.

- Migrante es quien simplemente se desplaza de un lugar del que es originario a otro distinto. Todo inmigrante y emigrante es, también, un migrante.

- Emigrante es quien se va, quien sale de su país.

- Inmigrante es el que llega a instalarse a un nuevo país.

¿Sabías que...?
Se les llama apátridas a las personas que no tienen ninguna nacionalidad.

Si la gente se muda para vivir mejor, ¿cuál es el problema de la migración?

Lo que pasa es que, cuando llega mucha gente a vivir a un país, la población crece y se deben considerar mayores espacios… aumentan los costos para poder tener más hospitales, más escuelas, más parques, más de todo.

En cambio, en los países de emigrantes baja la población. Ese es uno de los problemas sociales que trae la migración.

Desgraciadamente, hay personas que, por prejuicios, rechazan a los migrantes; piensan que los recién llegados les van a quitar las oportunidades de trabajo y los desprecian.

Algunos prefieren solo relacionarse con las personas iguales a ellos, sin darse cuenta de que la riqueza de un país radica, justamente, en la pluralidad de sus tradiciones y culturas.

¿Sabías que Estados Unidos es el país que más migrantes tiene?

Estados Unidos es el país con más migrantes en el mundo. Ha recibido a casi 50 millones de personas de otras nacionalidades.

En estos países también viven muchos migrantes.

- En Arabia Saudita, 12.2 millones de migrantes.
- En Alemania, 12.2 millones.
- En Rusia, 11.7 millones.
- En Reino Unido, 8.8 millones.
- En Emiratos Árabes Unidos, 8.3 millones.
- En Francia, 7.9 millones.
- En Canadá, 7.9 millones.
- En Australia, 7 millones.
- En España, 5.9 millones.
- En Italia, 5.9 millones.

¿Desde hace mucho tiempo viven migrantes en Estados Unidos?

Estados Unidos es un país que, desde siempre, se ha configurado gracias a muchas culturas.

Nuestro país ha acogido a personas de muchas otras nacionalidades que nos han enriquecido.

Investiga de qué países son los migrantes de hoy.

Por ejemplo, a principios del siglo XX, Estados Unidos recibió a muchos migrantes europeos.

También, en la década de los ochentas, tuvimos migraciones de México, El Salvador, países de Centro América y de Asia, que buscaban mejores oportunidades de trabajo y por guerras en sus países.

VAMOS A JUGAR

El viaje de la ballena gris

Busca información sobre la migración de la ballena gris.

La ballena gris viaja aproximadamente 14,000 millas cada año. Las ballenas tienen uno de los ciclos migratorios más largos entre los mamíferos. Durante el mes de octubre, las ballenas grises en los mares de Alaska empiezan a migrar hacia el Golfo de California y la Península de Baja California. Cuando comienza el invierno en Alaska, la mayoría de los animales acuáticos viajan hacia al sur a zonas más cálidas, lo cual sirve como una señal para que las ballenas grises los sigan. Las ballenas embarazadas siempre llegan primero porque es importante encontrar un lugar seguro para proteger a sus recién nacidos. Los tiburones y las ballenas orcas persiguen a las ballenas grises intentando comerse a las ballenas recién nacidas.

- Imprime o dibuja un mapa de Estados Unidos y México. Con ayuda de la información que obtuviste, localiza dentro del mapa el sitio en donde la ballena gris empieza su trayecto.

- Ubica las ciudades o territorios por los que pasa para llegar a México. Recuerda que recorren alrededor de 5,000 - 7,000 millas por día, y logran concretar el trayecto en un mes.

- Une los puntos que marcaste con una línea del color de tu preferencia.

- Realiza los pasos anteriores para marcar el camino de regreso. Utiliza un color diferente para trazar la trayectoria.

- Ilustra el mapa con lo que te inspire la migración de estas viajeras acuáticas.

El país de "allí quiero estar"

Piensa en algún país que te gustaría conocer.

Elige uno y localízalo en un mapa. Intenta recopilar la mayor información sobre él, busca fotografías de sus ciudades y lugares importantes, de su gente y sus paisajes, de sus tradiciones y costumbres.

Puedes hacer un *collage*.

¿Qué hay para comer?

¿Recuerdas el país en el que te gustaría vivir por un tiempo?

Busca información y fotografías de la comida típica, selecciona algunos platillos.

¿Qué diferencias existen entre la comida de tu país y el que elegiste?

¿Qué ingredientes propios de tu país no existen allá?

La migración
de Amparo Bosque y Susana Rosique
pretende ser una herramienta para que los niños
(y los adultos) entiendan mejor el fenómeno de
la migración, además de que reconozcan que la
diversidad, la apertura y el diálogo nos enriquecen.